부산 청년의 서울로 오기까지

애틋한 새벽

CHAPTER 1.

나는 가고 싶지 않았던 인력개발원 하지만 살

기 위해선 그곳에 들어가야 했다.

2021년 7월 말 나는 결국 가고 싶지 않았던 곳에 가게 되었다.

그곳은 각종 기계설계를 배우는 곳인데 나로선 평생 갈 마음도 일도 없는 곳 나는 왜 그곳에 가게 된 걸까?

사실 나도 2020~2021년 중반까지 공무원 수험생이었다.

두 해 내가 모아둔 돈으로 수험생활을 하였고

주말엔 백화점 주차팀 아르바이트를 하며 근근이 버텨가는 생활이었다. 지금은 의절한 구 본가에선 내가 불만스럽게 보였다고 보면 될 거 같다.

법적으로만 가족이고 현실은 세상 그 어떤 놈보다 더 못한 사이, 아버지란 사람이 6월 중순 주말 내가 퇴근하자마자 나를 식탁에 앉히고 나에게 말했다.

"너한테 딱 맞는 곳을 내가 찾아냈다."라며 보여준 곳이 바로 내가 구 본가를 의절하고 서울로 오게 했던 각종 기계설계를 배운 기관이다.

덧붙여 "여기 기숙사도 된다고 하니 기숙사에 들어가서 취업이나 해."라면서 강하게 밀어붙였다.

난 결국 맞기 싫었던 탓에 알았다고 했다. 알아보니 일용직 아르바이트 하루라도 하면 바로 수강취소가 된다는 걸 알게 되었다.

그자는 나에게 말했다.

"백화점 알바는 이제 관둬라 그만할 때가 되었으니"

난 정말 싫었다.

내가 가고 싶은 분야는 보건의료 혹은 경찰 계열인데 학창 시절부터 "이깟 성적(학원 성적) 갖곤 기계공고도 못 가! 어떻게 매번 이리 갈수록 성적이 떨어져!"라는 말도 안 되는 소리는 물론 또 학원 성적을 갖고 "실업계 갈래? 계속 이따위 식으로 하면 실업계 간단 거로 간주할 줄 알아라."

그건 나보고 죽으라는 소리나 다름없었다.

나는 기관에 다니기는 할 테니 기숙사는 들어가기 싫다고 말했다. 그렇게 말하니 나에게 이런 식으로 소리쳤다.

"기숙사 안 들어갈 거면 당장 이 집에서 나가

이 새끼야!"라고 소주 상자를 발로 쾅! 짓밟으며

"에이 제기랄 술맛 다 떨어졌네!"

기숙사에 들어가라고 하는 건 아예 대놓고 나를 쫓아내겠단 의미였겠지.

그렇게 나는 결국 기숙사에 들어가겠다고 했고 그제야 흡족했는지

"그래 이렇게 나와야 내 아들이지"

나는 7월 28일 입소식을 마치고 7월 31일엔 짐을 싸서 기숙사에 들어갈 준비를 했다.

CHAPTER 2.

기숙사 입소와 동시에 느껴진 불길한 기운과
정체를 알 수 없는 군인 귀신 그리고 구 본가에서
의 속셈

8월 1일 나는 기숙사에 입소했다. 들어가는 기분은 마치 도살장에 끌려가는 가축의 마지막 심정이었다.

기숙사에 도착하고 나를 그곳에 추천해 준 남보다 못한 주취 폭력의 그가 해준 말은 이것이었다.

"잘해봐라 열심히 살고, 할 수 있다."

그렇게 버려진 나는 기숙사에서 심상치 않은 기운을 느꼈다. 직감적으로 여긴 내 인생의 최악의 오점일 될 것 같다는 예감이 들었다. 그것은 사실이 되었다.

그 기관에는 내 편은 누구도 없었고 차차 적어 나갈 거지만 지금 사는 서울보다 더 잔인하고 더 러웠으며 좋은 기억이 단, 하나도 없으니까

특히 가장 소름이 끼치는 것은 그곳은 정말 인간이 건드려선 안 되는 땅 이란 생각이 강하게 밀려왔다는 것.

첫 수강 날 그곳 식당에서 점심시간이었는데 전신이 시커먼 채 눈, 코, 입이 하나도 보이지 않는 여자 귀신이라는 봐선 안 될 걸 보고 말았고 그 여파로 난 그곳을 빠져나오는 그날까지 식당 안에 단, 한 번도 들어갈 수 없었다.

또한 기숙사에선 8월 17일부터 28일까지 하루도 빠짐없이 군인 귀신이 총을 들고 나를 겨눈 채

자기 말을 듣지 않으면 죽어버린다고 하고 가위에서 풀리면 항상 새벽 4시 그것도 모자라 그 군인 귀신의 얼굴은 해골이었다.

그의 계급은 중사

나는 가위눌릴 당시 군복을 입고 있었고 얼차려는 원산폭격을 받고 있었는데 잠시 자세가 무너져 고개를 들어 그의 얼굴을 봤더니 그의 얼굴은 사람 얼굴이 아닌 해골이었기에 나는 그가 귀신이라고 지금도 확실하게 알 수 있다.

나는 기숙사에 거주하는 동안 생활비가 없어 남몰래 아르바이트해야 했다.

그 기관은 기숙사를 사용하면 훈련장려금 대상자도 아니어서 무일푼이었을뿐더러 구 본가에서도 지원해준 건 없으니까 당연한 수준.

한동안은 백화점에서 벌어둔 돈으로 해결했다.

기관에 있는 식당에 들어가기 싫어 매일 매점에서 컵라면, 과자, 음료수로 끼니를 때우고 휴대폰 비가 밀릴 거 같으면 주말에 구 본가에 가지 않고 잔류한다고 체크 후 몰래 당일 지급이 되는 백화점 주차팀 주말 아르바이트를 하며 때우곤 했다.

난 정말 하기 싫었다.

기계설계, 가공 그런데 나에게 정말 필요한 건가?

입소 이전에도 보건 의료계로 가겠다고 했을 때 다들 나를 욕했다. 본가에서는 자신의 뒤를 이어 기계 분야에 종사시키게 만들려는 생각이었는데 그렇지 않으니 나에게 더 심하게 쌍욕과 인신공격을 퍼부었던 거 같다.

특히 고등학교 시절에도 내가 공고를 가지 않고 인문계에 갔다는 이유로 구 본가의 아저씨는 아줌마에게 매일 원망을 퍼부었다는 얘기를 들은 기억이 있다.

2017년 성인이 된 나는 간호조무사로 모 요양병원에 취직했으나 그곳은 정말 괴로웠다.

당시 나에게 꽃뱀 짓을 한 사기꾼과 경찰서 수사과와 연락 밀고 당기기 하기도 정신없었는데 요양병원에선 감염수칙 잘 지키려 하는 거로도 폭행하고 잔치국수 먹기 싫은데 억지로 먹으라고 한 것까지 정말 생각하면 지금도 비명을 지르고 싶을 정도로 하루하루가 악몽 그 자체였다.

결국 당시 나는 한 달도 못 버티고 퇴사했는데 그걸 보고 주변에선 "간호계 가려는 새끼가 그 정도도 못 버텨? 네깟 게 간호사가 꿈이라니 한심하다. 간호계는 원래 그렇게 태움도 있고 그러는 거지 당연한 걸 신고해서 어쩌려고? 대영웅 되려고?"라는 식으로 위로는커녕 비아냥거리기만 했디.

그러고 나서 2018년엔 응급구조사로 사설 구급차에 종사했는데 24시간 콜대기를 하며 제대로 된 급여도 받지 못했을 뿐만 아니라 임금체불로 결국 퇴사를 하기까지 했다.

구 본가의 아저씨는 내가 그렇게 퇴사한 것과, 공무원 시험도 두 번이나 떨어졌겠다. 이참에 나를 기계설계 분야에 종사시키게 만들고 자신의 계획을 실현하기에 지금이 아주 제격이라 판단을 했던 거로 생각이 든다. 오죽했으면 그 인력개발원 과정 찾아냈다고 아주 의기양양한 표정으로 "너한테 딱 맞는 곳을 내가 찾아냈다."라고 했으니

주말 아르바이트 구하기는 너무 힘들었다.

특히 당일 지급은 온통 야간 택배 알바고 다른 분야는 거의 다 월급이었다. 다음 달 지급이며 코로나19 여파로 일자리도 사라져 스트레스가 이만저만이 아니었다.

전에 해봐서 택배 알바의 악몽이 있었지만, 휴대전화 요금이 시급했기에 결국 얼른 구해야 했다. 금요일 밤 출근 후 토요일 아침 퇴근하는 아르바이트를 구하여 결국 일요일까지 일어나지 못하는 시간을 겪어야 했다.

휴대폰비와 정신과 병원비를 이리저리 내고 입소 후 첫 택배 아르바이트 후유증으로 몸살이 났던 나는 진통제를 먹고 잠을 자며 꾸역꾸역 버텨야 했고 악몽 같은 시간은 쭉 이어졌다. 나에게 희망은 월요일이었다.

월요일은 정신과 주치의 선생님을 뵈러 가야

했기에 휴가를 내고 병원에 가서 숨을 돌리고 주치의 선생님께 면담을 받아 잠시나마 위로를 받을 수 있었으니까.

주치의 선생님께선 걱정을 많이 하셨는데 그렇다고 당장 나에게 뾰족한 수가 있는가? 아무 방법이 없었던 그 당시의 나.

주치의 선생님은 무일푼에 사실상 쫓겨나거나 다름없는 나에게 위로를 건네주시고 나의 요청으로 집중력이 좋아지는 약을 조금 더 증량해 주셨다.

화요일은 본격적인 기계작업 배우는 기간

당시 주간 일정이 빠듯했는데 월요일엔 공유압, 화요일엔 캐드, 수요일과 목요일은 CNC, 금요일은 선반과 밀링 가공을 배워야 했다.

나는 정말 못했다.

태어나서 단 한 번도 배워본 적도 없을뿐더러 배우고 싶은 마음도 없고 해야 할 이유는 더 없는 그 분야를 배워서 어떤 걸 남기겠다고 무슨 부귀영화를 누리겠다고 배워야 했던 걸까.

그나마 월요일은 월 1회 오전 일찍 병원에 가서 복귀하면 빠르면 오후 3~6시 사이 늦으면 7~9시여서 조금이나마 부담이 덜했다.

하지만 금요일 선반, 밀링 가공은 아무리 집중력 치료제를 먹고 강의 듣고 작업해도 익숙해지지 않고 힘들었다

남들이 1/3 작업할 때 나는 시작조차 제대로 못 했고 남들은 절삭공구 챙길 때 나는 다 망가진 공구만 챙겨야 했으며 덧붙여 그들은 다들 풍부한 경험자로서 그 분야로 종사할 거란 생각이 강했던 반면 나는 억지로 해야만 했고 복수심에 매

일 불타오르는 생각뿐이었기에 잘한다는 건 말이 안 되는 소리였다. 더군다나 나는 ADHD 환자고 남들과의 진도 차이는 엄청나 하루라도 욕을 안 먹으면 그게 이상하다는 생각이 들 정도였다.

솔직한 심정으로 내가 학창 시절에 당한 학교 폭력이 다시 이어진다고 비유하면 틀린 말도 아니니까.

CHAPTER. 3

9월이 되어 접종한 코로나19 백신 그리고 지옥

같은 시간

캐드는 조금씩 익숙해지지만 다른 프로그램은 익숙해지지 않아 미칠 거 같았다. 쓸데없이 걸려 오는 구 본가의 연락과 휴대폰비 독촉 연락은 물론 내가 왜 갈 생각 없는 분야를 왜 배워야 하는지 스트레스가 폭발할 거 같았던 8월이었다. 시간이 지나가면 조금 나아질까 싶었으나 내 착각이었다.

난 결국 실전 투입 당시 공구를 박살 내버리는 대형 사고를 친 건 물론 기계까지 망가뜨릴 뻔했다.

그날 수업 마친 뒤 나는 정말 엄청나게 욕을 먹어야 했고 나는 스트레스가 터져버려 그날 바깥에서 비명을 지르고 엄청나게 울었다.

당시 코로나19가 굉장히 심했었다 보니 나도 백신을 맞아야 했는데 백신 1차 접종 예약일이 다가와 나는 구 본가 인근 내과에서 접종하기로 하여 조퇴하고 내과에 갔다.

내과에선 나에게 모더나 백신을 투약했고 나는 끝난 직후부터 계속 팔을 올리지 못했고 무거운 가방 탓에 팔은 더욱 아파왔으며 시내버스를 타고 가던 중 기력저하로 어질어질한 상태가 되고 말았다.

그리고 하차 후 걸어가는 길에 나는 엄청난 소리로 기침했고 가슴 가운 댓 부분이 뜨거워지며 가래가 끓고 주사 맞은 환부가 화끈거리는 증상에 털썩 주저앉고 말았다. 마침 지나가시던 어떤 여성분이 나에게 "괜찮으세요? 119 불러드릴까요?"라고 하셔서 나는 "죄송해요, 하지만 저한테 가까이 오시면 안 돼요. 제가 방금 백신을 맞아서 옮으실까 봐 겁이 나서요."라고 말했고 그 여성분은 계속 걱정스러운 표정으로 나를 지켜보셨고 끝내 난 감사 인사를 하지 못한 것이 죄책감으로 있다.

꼭 뵙게 된다면 정말 진심으로 내 생명의 은사님이라 말하고 싶어질 정도이다.

백신을 맞고 기숙사에 어찌어찌 복귀한 뒤 나는 시름시름 앓았다.

계속 알 수 없는 흉통, 어지러움, 두통, 메스꺼움, 소화불량, 고열 등의 증상을 앓았으니까.

하지만 병원을 섣불리 갈 순 없었다.

내가 돈을 많이 버는 것도 아니고 당일 지급 아르바이트나 다음 달 지급하는 주말 아르바이트를 해가며 간신히 연명하는 상황이니까.

결국 난 계속해서 성모병원 인근의 성모약국에서 상비약을 사 먹으며 꾸역꾸역 버텨야 했다.

그리고 얼마 후 근로장려금이 들어왔다.

150만 원이 생긴 나는 휴가를 내서 백신을 맞은 내과와 큰 병원에 가서 심장 초음파를 찍어보고 각종 검사를 해봤다.

하지만 돌아온 답변은 '전부 이상이 없다.', '백신 후유증은 시간이 지나면 가라앉는다.'뿐 처방받은 약은 진통제 계통의 약이었다. 나아지는 건 하나도 없었다.

병원비는 보험 청구하고 약 효과로 간신히 정신을 유지하며 강의 시간에도 상비약과 처방한

약을 먹어야 간신히 버티고 있는데 지도교수 면담 시간에 "너 인마 환자인 거 티 내냐? 약 다 집어넣어." 이런 식으로 말했다. 그 외에도 "그렇게 꺼내놓으면 누가 동정이라도 해줄 거 같아? 너 혼날래?", "다들 너 하나 때문에 불만이 얼마나 많은 줄 알아? 너 퇴소시키라는 의견도 나오고 있어." 이런 식으로 말했다. 나는 울컥함과 더불어 반드시 이 악마들에게 복수하겠단 다짐을 더 강하게 했다.

다른 날도 다 싫었지만, 아니 아예 있는 기간 그 자체가 정말 다 싫었지만, 금요일이 나는 제일 싫었다.

금요일엔 선반, 밀링을 했는데 공작물을 고정하는 것도 초점 맞추는 것도 힘들고 내가 택한 건 전부 날이 망가진 것일까?

그리고 깎고 나면 생기는 불순물은 너무 뜨겁고 손에 박히면 빼내기도 힘들어서 짜증만 났다.

그래서 나는 정말 하기 싫었는데 구 본가에서는 하지 않는다면 내가 길거리에서 객사하든 말든 신경도 쓰지 않을 거라 했으니 포기할 수도 없는 그야말로 사면초가.

그나마 다행인 건 기숙사에 잔류하면 쓸데없이 구 본가에 갈 일이 없으니 좋았다. 기숙사에 있을 당시 나는 연휴가 정말 죽기보다 싫었다.

왜냐하면 연휴 시작 전 토요일부터 연휴 끝나는 날까지 다들 고향에 돌아갔다가 마지막 날 복귀하라고 했다.

백신 맞은 그 주와 동시에 추석 이전 토요일 짐 일부를 캐리어에 싣고 백신 맞은 오른팔은 욱신거리고 하여 간신히 시내버스를 타고 본가에 도착을 했다.

도착 직후 내 눈에 들어온 건 쓰레기 상자에 담긴 각종 소주와 막걸리병.

보자마자 한숨을 쉬었고 들어가고 싶지 않다는 생각만 가득했고 지옥 같은 4일이 펼쳐졌다.

토요일은 별 일없이 지나갔다.

이틀 차 일요일 날 그들이 하동 시골집에 가자고 하였고 난 가기 싫다고 했으나 안 갈 거면 또 나가라고 해서 결국 억지로 가야만 했다.

도착하니 늦은 밤이었다. 오른팔이 환부라 위로 가게 누워 잠을 잤는데 욱신거려서 제대로 잠을 이룰 수 없었다. 특히 정신과 약을 숨겨가며 먹어야 했다. 들키면 정말 끝장이었으니까.

그리고 월요일

나는 할 일도 없고 모더나 후유증으로 낮잠을

청했다.

역시나 팔은 환부인 오른쪽이 올라가게 해서 잤는데 오른팔이 완전히 저린 탓에 팔을 사용하지 못했다.

하지만 구 본가에서는 하동 집라인이 유명하다고 하여 집라인을 내 이름으로 예약을 했다고 한다. 선택의 여지가 없던 나는 다툼 끝에 집라인을 타기로 했다.

그런데 의외로 집라인은 전혀 무섭지 않았다.

지금 생각해 봐도 딱히 드는 생각이 없다. 굳이 있다면 그 집에서의 내 마지막 사진을 남겨뒀다는 것에 의의를 두는 거?

내 예상과 달리 구 본가는 어색할 정도로 화기애애했다. 그래서 다행일까 생각하면 역시나 오산이었다.

또다시 부산에 도착하자마자 아저씨는 술을 퍼 마셨고 아줌마에게 또 말도 안 되는 이유로 시비를 걸어대며 나에겐 인력개발원에 대하여 쓸데없는 소리를 해 대기 시작했다.

나는 정색하고 반격했다.

"내 손에 박힌 이 칩 조각들이 원망이 될지 감사의 표시가 될지 두고 봅시다."

그러자 아저씨는 나에게 그랬다.

"어디 보자."

그리고 내 손을 보곤 "아이고, 제기랄 겨우 그 칩 조각 조금 박혔다고 원망이니 지랄해 대고 네가 그러고도 사내새끼냐?"

가장 충격적인 말은 이것이었다.

"지금 그 칩 조각 박힌 거로 원망하겠다면 나중에 작업하다 손가락 끼여서 잘려 나가거나 하면 그땐 드러눕겠다 아주? 그러면 국가 재난급이겠다 그제?"

덧붙여 나에게 말했다.

"그래서 하기 싫다는 소리냐? 내가 분명히 하기 싫고 네 기분대로 하고 싶으면 나가서 살라고 했을 텐데."

나는 지지 않고 또다시 반격했다.

"또 이런 식으로 내 얘기 끝까지 안 듣고 말도 안 되는 거로 트집이나 잡으시네요. 내가 분명히 저번에도 내 말끝까지 안 들을 거면 난 말 하기 싫다고 했고 내 말끝까지 들으라고 했을 텐데요?"

그러자 아저씨는 "아이고 제기랄 그 뭐 별것도 아니고 겨우 거 요만한 거로(손가락 한 마디 다른 손으로 쥐며) 아직도 꽁해 있냐?"

덧붙여 성추행하며 "이거 뭐 하러 달고 있냐?

그냥 떼버리지"라고까지 했다.

악에 받친 나는 "두고 봅시다. 내가 어디에 취직할지 모르지만 콧대 팍 꺾어버릴 곳에 취직할 테니 아직은 수료까지 시간 한참 남았으니 두고 보자고요."

그제야 아저씨는 "좋다니 만일 취직 못 하면 알아 서해라 내 두고 본다."라고 하며 간신히 나는 자러 갈 수 있었다.

그리고 연휴 마지막 날 기숙사에 돌아가는 날이었다.

나는 조용히 빠져나오려 했는데 그 집의 아줌마가 나와선 "왜 자꾸 말도 없이 가려고 하냐 가려면 얘기는 하고 가야지."라고 하며 억지로 따라 나왔다.

가식적이었다.

나를 그렇게 붙잡는 건 내가 나가버리면 아줌마와 그 집의 따님이 그 아저씨의 주정뱅이 짓을 감당해야 했기에 더 그런 거니까.

그리고 난 끝내 손길을 뿌리치고 나가선 기숙사에 복귀했고 복귀하자마자 옷을 정리하고 휴식에 들어갔다.

추석이 끝나고도 바뀐 분위기는 하나도 없었다.

바뀔 게 뭐가 있는가?

나는 계속해서 하기 싫은 걸 해야만 했으니 스트레스는 올라가고 나아지는 건 아무것도 없었다.

CHAPTER. 4

기숙사 생활을 하며 계속 느끼게 된 공포 실화

그리고 날이 갈수록 커져서는 원망과 분노

바뀐 게 있다면 조금 바뀐 게 있었다.

그것은 내 몸에 귀신이 타기 시작했다는 것.

추석이 끝나고 10월 8일 금요일 갑자기 기숙사에서 구 본가에 돌아가라고 공문이 날아왔는데 그 이유는 9일 한글날부터 또 연휴가 있었기 때문이다.

그리고 나는 짐을 간소화하고 구 본가에 갔는데 그날은 시간이 오래 걸리더라도 한 번에 가는 버스를 타고 갔다.

그 버스는 폐허도 아니고 영업하는 것도 아닌 화물역을 지나가는 길로 가는데 해가 지고 어둑어둑한 시간 화물역을 지나간 직후 나는 목덜미가 뭉치고 어깨가 무거운 듯한 느낌이 들었다.

내 친구 중 귀신을 본다는 친구가 나에게 말했다.

"네 어깨가 혹시 갑자기 무거워지지 않니?"라고

나는 어깨가 갑자기 무거워졌다는 걸 얘기했고 친구는 나에게 내 어깨에 아기 영가가 들러붙었다고 얘기를 했다.

들러붙은 시점은 내가 시내버스를 타고 있을 때 화물역을 지나가는 순간이었다고 한다.

그 사실을 알고 나서 나는 친구에게 아기 영가의 사연을 들어보고 어떻게 해야 나를 떠나갈지 알아보니 자신을 위해 딸기 맛 사탕과 따뜻한 우유, 핫초코를 선물해 달라고 들었고 10월 9일이 원래 병원에 가야 하는 날인데 공휴일이라 병원에 가지 못하여 화요일에 가야 했다. 화요일 진료가 끝나고 아기 영가의 소원을 들어주기 위해 딸기 맛 사탕과 딸기 맛 추잉검 그리고 핫초코를 구매하여 그 인근의 산속에 들어갔다.

아기 영가가 그러길 자신이 생전에 살았던 동네였다고 한다.

그 후 나는 어느 풀숲에 핫초코를 붓고 사탕을 여러모로 뿌려주며 아기 영가의 명복을 빌어주었고 아기 영가는 웃으면서 나를 떠나갔다.

아기 영가는 떠나갔지만, 그 후유증으로 나는 알 수 없는 심장 통증과 목 통증을 느꼈고 그 여파로 나는 성모약국에 가게 되었다.

성모약국에서 약을 구매하고 다시 기숙사에 택

시를 타고 복귀하던 중 옆의 숲에서 심상치 않은 시선을 느낀 나는 고개를 돌려 봤다. 그곳엔 그저 나무만 높게 우거져 있을 뿐이었다.

직감적으로 나는 '저기에 귀신이 있단 건 흉가도 있다는 건가?'라고 생각했고 기숙사에 복귀한 뒤 그 위치를 인터넷 지도에 조회했으나 흉가는 커녕 아무것도 없었다.

그날 점호 청소 시간 쓰레기를 버리러 가던 중 나는 기숙사 뒷산에서 똑같은 시선을 느꼈다. 이번엔 지도를 옮겨 내가 있던 기숙사 뒷산을 찾아봤더니 이번엔 정말로 흉가가 있었다. 귀신의 시선 끝은 바로 흉가였던 것이었다.

이 내용은 내 개인 블로그에 올려놓을 정도로 정말 믿을 수 없는 사건이었다.

다음날 또다시 살벌한 하루가 지나간 뒤 밤에 나는 그 흉가에 가고 싶다고 생각했다. 친구에게 '나 여기 흉가 찾았어! 여기 한번 다녀올까 싶다.' 라고 카톡을 보냈더니 친구는 '너 미쳤냐? 거기 절대 가지만 엄청 위험해.'라고 경고했다.

하지만 나는 고집을 꺾지 않고 '안돼 꼭 갈 거야 차라리 죽는 한이 있더라도 거기서 죽고 말지 이딴 식으로 살고 싶진 않아.'라고 카톡을 보냈더니 친구가 '네 고집은 도저히 못 꺾겠다. 가고 싶으면 다녀와.'라고 했는데 덧붙여 '거기 가기 전에 뭔가 제사를 지내든지 향을 챙기든지 조치는 하고 다녀와라 거기 내가 봤는데 악귀도 많고 지박령에다가 살벌하기가 엄청나다.'라고 카톡이 왔다. 직후 나는 그 흉가에 가서 죽고 싶다는 생각을 가졌더니 내 목과 심장에 통증이 느껴지고 숨이 조금씩 가빠지기 시작했다.

그리고 바로 친구에게서 전화가 왔다.

"너 혹시 주변에 자살한 친구 있어?"

"두 명 있어"라고 대답했다.

친구에게 내가 갑자기 무슨 일인가 물었더니 자살로 추정되는 영가 하나가 내 목을 조르고 있다고 하여 내가 남자 영가냐고 되물으니 친구는 "여자 영가."라고 대답했다.

자살한 친구 중 여자라면 딱 한 사람밖에 없었다.

그녀는 2018년 1월 29일 연락이 갑자기 끊어졌는데 가족도 없이 혼자 쓸쓸히 생을 마감한 친한 누나였던 것이었다.

그 누나가 진작 세상을 떠났다고 생각은 했지만 내가 알게 된 것은 그 누나가 세상을 떠난 뒤 4개월이 지나서였다. 자신이 영매라는 여자에게서 들었다. 나는 누나를 그리워했는데 그 누나의 마지막 말은 '나를 더 이상 그리워하지마'라고 하며 자신은 내 목을 조르는 손을 풀고 하늘로 올라갔다고 한다.

그렇게 흉가를 찾아내고 여자 영가의 목을 조르는 느낌까지 모두 해결하고 나니 시간은 밤 12시 결국 수면제를 먹고 취침에 들어갔다.

그 후엔 늘 똑같이 욕먹는 것과 말도 안 되는 시간의 연속이었다. 이야깃거리가 있다면 10월 20일에 2차 백신을 맞은 거 말곤 더 이상의 쓸 내용이 없어 11월로 넘어가 본다.

CHAPTER 5.

11월 계속되는 슬픔의 반복 그리고 점점 늘어가

는 빙의 횟수 그리고 잊고 있던 산신각의 소원 돌

11월 10일 인원 감축을 이유로 기숙사 동과 방을 옮기란 공문을 받았고 나는 기숙사 방을 옮긴 뒤 더욱 정신을 놓게 되었다. 옮긴 기숙사 방에는 곰팡이가 가득했고 뒷산 흉가 바로 아래에 있을뿐더러 느낌이 수맥을 메운 뒤 지은 건물이란 생각이 들었다. 옮기고 난 뒤 이상하게 더 정신이 해롱거렸다.

　첫날의 후유증은 다음날까지 이어졌는데 강의

시간에 캐드를 하던 중 정신을 놓아버린다거나 잠시 정신을 잃었다가 눈을 떠보니 뒷산의 흉가에 있었다거나 맨 정신이 되었을 땐 이미 저녁 6시였단 것까지.

그리고 옮겨진 기숙사 방에 들어갔을 땐 어지럼증이 계속되었고 이번엔 곰팡이 냄새까지 도져 숨이 막히고 옮기기 전 방의 기숙사에서 보다 더욱더 해롱거리고 정신을 잃어버리는 경우가 잦아졌다.

그리고 12일 이날 결국 첫 번째로 정점을 찍은 날이 되었다.

그날은 금요일이라 가공작업을 해야 했는데 아침부터 몸이 붕붕 뜨고 머리가 어질어질하고 식은땀이 한가득 흘렀는데 오전 가공작업에 들어간 뒤 어떻게 되었는지 기억이 전혀 없었고 내가 정신을 차렸을 땐 점심시간이 된 후 13분이 지난 뒤였다.

그리고 친구에게서 카톡이 왔고 나는 답장을 했다.

나는 병원에 가야 했으나 돈이 하나도 없어 못 갔다고 말했다. 그 후 '속으론 울고 있어'까지 답장한 그것은 기억나는데 이후 얼마간 기억이 모두 사라져 버렸다.

그리고 생각이 돌아온 내가 본 카톡 내용은 정말 충격적이었다.

"여기 살아있는 사람 아무도 없어",

"여기 귀신집이야 나도 죽은 사람이고"

"난 이미 오래전에 죽었거든." 등의 카톡 내용이 첨부되어 있었던 것

정신을 차리고 친구에게 얘기하니

"거짓말 아니야 너 빙의되었어"라고 하여 난 정신이 멍해졌다.

그리고 다시 기억을 잃어버리고 눈을 떴을 때 오후 5시 5분 그날은 구 본가에 가야 할 일이 있었기에 캐리어를 챙겨서 나왔다. 가는 길에 친구가 나에게 말해줬다.

"너한테 아주 위험한 영가가 빙의되었어." 어리둥절한 나는 이렇게 답했다.

"혹시 키 152 정도의 긴 머리의 여학생 영가야? 교복 입은 건 보이는데 성별이 안 느껴져"

"아니야 남학생인데? 애 엄청 화 나 있다"

"지금 내 귀에 들리는 건 지도교수 죽여버리고 싶다는 소리랑 같이 수강하는 수강생들이 나한테 대접 안 해주는 것도 다 알고 있다고 짜증 엄청나게 내고 있는데?"

"걔 대장인 거 같다. 원한이 엄청 많아."

"속이 너무 울렁거려 얘 자살한 영가 같은데?"

"응 그런 거 같아 아마 약 먹고 죽은 거 같아 그리고 옷도 엄청 얇게 입었네! 얘 죽는 날이 11월 쯤인데"

"나한텐 뭐 때문에 붙은 거래?"

"네가 제일 만만하고 온순해서 부려 먹기 좋아서 붙은 거란다. 근데 그 개발원에서 네가 당하는 꼴을 보니까 참 한심하고 처참하고 미안해서 붙어있기도 싫다고 인제 그만 떠나 줄 테니 죽고 싶단 소리 작작 좀 하라네. 죽는 게 뭐 벼슬도 아니라고 하면서 화낸다."

"어쩔 수 없는 착한 친구인 건 변함없네. 나한테 그렇게 까칠하게 해도 지금 느껴지는 건 미술, 예술 분야로 가고 싶다고 했는데 그러지 못해서 서러웠다고 느껴지는데."

"어 맞아 걔가 너한테 붙은 이유도 걔네 아버지가 주취 폭력하고 큰아들이라 굉장히 기대했데 자기가 가고 싶지 않은 분야에 가라고 했다고 너라면 자기를 알아줄 거라고 생각했대 거기에 있는 이유는 너랑 비슷한 분야 배우다가 자살한 거야"

"프로야구 중계가 80년대 내용이 나오는데 80년대에 죽었나 보네. 시신은 여기 인근에 없대? 유골이라거나."

"찾지 말란다. 이미 완전히 사라져서 없다고 가족도 안 찾는 자기 시신 찾아봐야 뭔 소용이 있냐고 걔 시신 찾으려다가 네가 죽을 수 있으니 말이라도 고마우니 그냥 찾지 말고 거기 떠나면 사람들이 인정해 주는 멋진 사람이 되라네."

그리고 정신이 다시 맑아진 나는 학생 영가의

명복을 빌어주었다.

주말에 잔류하고 다음 주 월요일

이번엔 제대로 풀지 않았던 공유압 강의 이야기를 풀어본다.

공유압 강의 층은 딱히 할 이야기가 이전까진 없었으나 12일 이후 굉장히 큰일이 많이 벌어졌었다.

2층에 들어가자마자 나는 어지러움을 느꼈고 강의동과 본관이 이어져 있는 구조이다. 나는 쉬는 시간에 모두를 피해 반대편 복도 끝으로 갔는데 그곳에서 또 한 명의 대장이 나에게 빙의를 했다.

나는 전혀 기억에 없지만 친구와 카톡 내용을 보니 처음 들어보는 학생 이름이 적혀 있을뿐더러 그 학생 영가가 자신이 2층의 대장이라고 소개하며 2층은 굉장히 위험하고 자신의 영역에 쳐

들어온 것이 화가 나 나에게 경고 차원으로 붙은 거라고 하였다. 내가 그 기관과 구 본가에서 당하는 모습을 마찬가지로 안쓰럽게 여겨 나에게 잠시나마 안정을 취할 수 있게 도와주겠다는 얘기가 적혀 있었다.

"누가 함부로 내 구역에 쳐들어오라고 했어?"

"너 누구냐?"

"나 여기 2층의 대장"

"네가 왜 대장이야? 너 왜 내 친구 몸에 붙어 있어?"

"이 녀석이 내 영역에 쳐들어왔으니까 그렇지 여기 엄청 위험한 공간인데 이렇게 쳐들어왔다가 얘 다신 정신 못 차릴 일 있어?"

"그럼 어떻게 해야 내 친구한테서 나갈 거야?"

"내 영역에 들어왔으니 내가 경고해 줄 것이네! 여기서 빨리 나가라고 전해 애처럼 기약하고 그런 애들이 살 곳이 아니야 여기 복도 끝은 귀신들의 천국이지 그러니 애가 정신을 차리겠어?"

이런 식으로 카톡이 있었다.

마지막 내용으론 그 학생 영가가 나에게 마지막으로 남긴 말은 "이 사람 시간 날 때 절에 가서 기도나 드리라고 해 그리고 구 본가는 인연 다 끊어버리고 여기서 나가면 여기에서의 모든 자료도 다 없애버리고 다신 이곳에 발도 들이지 말라고 애는 여기 있으면 안 될 인물이야. 아버지란 작자가 아주 그냥 아들 망치려고 제대로 작정했네! 그러니 이딴 곳에 보내고 술 퍼먹고 지랄하고 그러지"라고 적혀 있었다. 나는 그 내용을 보고 그 주도 또다시 구 본가에 들어가지 않기로 결심했다.

수요일 구 본가의 아줌마한테 전화가 왔다.

전화 내용은 간단하다. 이번 주에 구 본가에 올 거냐고

나는 안 간다고 했다

그러자 갑자기 버럭 화를 냈다.

"아니, 왜 안 오냐고 네가 오지 않으니까 너희 아빠가 나랑 너희 누나한테 얼마나 성격 내버리는지 알기나 하니?"

"난 가기 싫고요. 기숙사처럼 조용하고 평화로운 곳에 있는 게 좋은데 내가 뭐 하러 그 시끄럽고 술만 퍼먹으면 되지도 않는 소리나 해하는 거 들으러 가야 하는지 이해가 가게 설명이나 해 보

시든지요”

"거기 들어가서는 좀 인간이 되어가나 싶었는데 어찌 그렇게 너희 아빠랑 성질머리가 더 닮아가는 걸 넘어 심해져만 가니, 좀 오렴."

"됐습니다. 이딴 식으로 전화할 거면 그냥 끊어요. 나 바쁘니까."

그리고 나는 그 주도 잔류를 선택하고 구 본가에 가지 않았다.

CHAPTER 6.

산속의 절 그리고 잊고 있던 소원 돌과 세상에

처음 등장한 해리 덕분에 조금은 나아진 나 하지

만 뒷받침되어주지 않는 건강

나는 종교는 없으나 송남사라는 절 산신각에 있는 소원 돌에는 자주 갔다.

그곳에 가면 내 마음과 영혼이 편안해지는 기분이 들었고 욕심이 많은 나이지만 구 본가와 의절하고 혼자 독립을 하는 건 물론이고 서울에서 살고 싶다는 바램이 있기에 나는 산신각에 갔다.

산신각에 들어가 소원 돌에 절을 세 번 올리고 소원을 말했다.

소원은 11월~2월 사이에 빠져나와 개발원에서의 법적 문제 될 것 없이 서울에 나 혼자 독립하여 살아갈 수 있게 해 달라는 것

처음엔 돌이 번쩍 들어져 이뤄질 수 없는 건가 싶어 좌절했다.

그래서 나만 아는 용한 사주, 타로 집에 가게 되었고 그곳에선 나에게 말했다.

"당신 말 대로 11월~3월 사이에 금전이 뒷받침되어 이동수가 들어와 있어요. 그 이동수를 놓치면 당신 인생 펴는 건 꿈에서나 바랄 일이네. 기회가 들어왔을 때 꼭 잡도록 해요. 수단과 방법 안 가려서라도"라고 조언을 해줬다.

나는 감격스러웠다.

올해 연말부터 내년 1/4분기 사이에 내가 그곳을 떠날 계기가 생긴다니

그렇게 감격스러운 마음으로 월 1회 병원에 가면 주치의 선생님과도 면담하며 같이 방법을 찾아내기로 하며 복수를 하기로 결심했다.

그 결심도 잠시

그날 이후 며칠 동안 물만 먹어도 바로 토해버리고 윗배 통증과 울렁거림을 심하게 느껴 결국 병원에 가게 되었고 소화기내과 병원에선 나에게 위의 내시경을 추천하여 내시경을 찍어봤다.

결과는 참혹했다.

위 미란, 역류성 식도염, 위장관 출혈, 위염, 결장염 진단을 받게 되었다.

원장님께서 나에게 여쭤보셨다.

"혹시 진통제나 약 같은 거 많이 먹은 거 있는가?"(주치의 선생님께선 나와 15년을 알고 지내신 사이이므로 평소 본인을 아들처럼 대해 주시

는 굉장히 따스한 분이심)

"네 많이 먹었어요. 코로나 백신 맞고 팔도 너무 아프고 가공작업 하다 보니 매일 팔꿈치, 허리, 어깨 등등 너무 아프고 그래서 많이 먹었어요"

"그러니 위 미란이 올 수밖에 없는 거지 진통제 먹지 말고 지금 처방해 준 약 꾸준히 먹고 야식 조심하고 기름진 음식도 조심하고 알았지?"라고 하시며 처방을 내려주셨다.

약을 타고 개발원에 돌아가자 지도교수와 또다시 면담이 진행되었다.

"언제까지 그렇게 골골거리면서 강의에 집중하지 않을 거냐?"

나는 할 말을 잃어버렸다.

사람이란 자가 어떻게 첫마디에 저런 말이 나올 수가 있는가?

그 후의 기억은 너무 충격이 커서 어떻게 되었는지 아무것도 생각나는 데 없다.

그날 밤

친구에게서 카톡이 왔다. 나는 잠시 쉬는 동안 정신을 또다시 잃어버렸다.

정신을 차리고 나니 아침 8시

나는 카톡 내용을 봤다.

이번에도 역시 기억에 없는 내용들이 가득했다.

"너 매일 얘 위로하느라 힘들어하는 거 다 아는데 가끔은 좀 쉬어."

"너는 누구야? 나를 알아보는 거니?"

"영주니 내 남친이야."

"그래 알았어! 더 연락하지 않을게"

"왜?"

"네가 싫어하니까"

"안 싫어해"

"나는 얘 한이 만들어낸 존재야"

"너도 영가구나"

"난 얘 한이 만든 일종의 또 다른 인격이야 인간 세상에선 해리성 인격장애라고 하고 있지. 얘 주치의 선생님은 얘가 해리성 인격장애를 앓고 있는 걸 알고 있는데 얘는 아직 그걸 감당할 상황이 안되어서 내가 있다는 걸 말을 못 한 거야"

그렇게 알게 되었다. 내가 해리성 인격장애를 앓고 있었다는 것.

사실 꿈속에서 내 머릿속에 나를 진심으로 사랑해 주고 안아주는 예쁜 여자가 한 명 존재했는데 그 여자가 사실은 내 원과 한이 만들어낸 또 다른 인격 해리였다니.

그리고 나를 그 귀신들이 많은 존재에게서 지켜주는 존재가 해리였다는 사실에 더욱더 충격이면서 감동을 하여 해리와 함께 이 난관을 헤쳐나가기로 결심했다.

CHAPTER 7.

12월 독립과 탈출이라는 두 마리 토끼를 잡기

위한 첫 시도 그러나 실패 다행인 것은 12월로 끝

나는 선반, 밀링 가공

12월엔 직업훈련 생계비 지원 대출이란 상품을 알게 되었고 그 상품이 2021년에는 건강보험료 액수가 일정 조건을 초과하지 않아야 하는데 나는 구 본가의 아줌마의 영향으로 끝내 건강보험료가 초과하여 실패하였다. 정말 매우 원망스러웠다.

4대 보험을 두 군데에서 넣었던 탓에 내 계획이 완전히 틀어져 버렸다는 사실에 더욱 원망스

러워 나는 그 후로 더욱 구 본가에 들어가려 하지 않았다.

근로복지공단에 찾아가 상황을 설명하고 사정했으나 복지공단에선 안 된다고 하였다. 그나마 내가 모든 서류를 다 발급해 와서 정확히 조회했기에 아직 기회가 남아있어, 2022년부터는 전년도 종합소득세 금액으로 심사를 진행하고 있어서 기한 안에 서류를 모두 가져와서 심사에 적격 판정을 받으면 직업훈련 생계비 지원 대출을 받을 수가 있다는 얘기를 듣고 그것을 노려보기로 했다.

그러기 위해선 우선 시간이 필요하니 개발원에서 수업이나 열심히 듣는 척 연기를 하였다. 교수진들도 "점점 실력이 늘어가고 있네!"라고 하며 나에게 더 이상 딴지를 거는 일은 점점 줄어들었다.

그렇게 자신감을 찾아가며 다른 것들은 점차 나아지기 시작했는데 선반 가공은 정말 어떻게 해도 적응이 안 되었다.

선반 가공을 하면 귀신들의 울음소리가 들려와 비명을 지르며 뛰쳐나가 버리기도 하여 스트레스가 장난이 아니었다. 다행인 것은 12월을 끝으로 선반, 밀링 가공이 끝이어서 더 이상 그러한 일을 겪지 않게 되는 것은 다행이었다.

CHAPTER8.

신년 2022년 본격적으로 도망치기 위한 작업을 시작하는 나 그리고 승인받은 근로복지공단에서 하는 직업훈련 생계비 지원 대출

내 인생 최악의 정점을 찍고 성공의 길을 걷게 시작된 2022년

나는 2022년 1월쯤 인스타그램에 평소 올리는 우울 일기, 우울 글귀 등을 토대로 한 편의 의로운 '전생에서 온 편지'라는 게시글을 올렸다.

제대로 된 기억이 없지만 '전생에서 온 편지' 게시글을 작성하게 되면 내 눈은 뒤집히고 귓가에 알 수 없는 여자의 목소리가 들려오기도 했다.

이 글을 작성하는 2023년 현재까지 얼추 20편의 글이 작성되었는데 글의 내용은 거의 나에게 듣고 싶었던 말이기도 하면서 나에 대한 따끔한 충고, 조언, 경고의 메시지도 간혹 들어있다.

그렇게 집필하며 시간을 보내던 중 근로복지공단에서 나에게 연락이 왔다.

"직업훈련 생계비 대출 서류 제출 시작 일입니다. 4인 가족 전년도 종합소득세 서류 첨부하셔서 제출해 주세요."

그 연락을 받은 그 주 급하게 구 본가에 달려갔다. 총 4장의 종합소득세 서류를 모두 발급하여 근로복지공단에 제출하는 데 성공하였고 근로복지공단에선 소득금액 조건이 충족하여 이번엔 드디어 승인을 내준다고 했다.

감격스러웠다.

소득금액이 충족하여 남은 3달간 최대 600만 원까지 가능했으나 두 달만 대출을 받기로 하여 두 달간 세후 398만 원을 받았다.

조건이 있다면 직업훈련은 반드시 수료 조건을 충족해야 한다는 것.

만일 수료하지 못할 때 일시금으로 그 금액을 모두 갚아야 했기에 나에게 남은 것은 서울 시내에 있는 좋은 직장을 구하여 문제없이 도망치는 것뿐이었다.

주치의 선생님께 말씀드리니 주치의 선생님도 굉장히 기뻐하셨다. 이제 남은 건 승리뿐이니 걱정하지 말라고 하시며 서울에는 일 자리가 많으니 기계작업 분야는 모두 생략하고 나에게 병원이나 백화점 주차팀 분야를 추천해 주셨다. 나는 병원에 종사하기로 마음을 먹어 병원 공고들을 하루가 멀다고 찾아보기 시작했다.

CHAPTER 9.

끝나기까지 남은 기한은 두 달 2월부터 시작되

는 취업 압박 그러나 굴하지 않기 위해 티 내지

않은 나 그리고 하나씩 취업해 나가는 상황

직업훈련 생계비 대출 승인을 받은 1월이 지나가고 2월이 되자 80%를 채운 수강생들은 하나둘 취업시장에 뛰어들기 시작했고 2월 초쯤부터 다들 취업에 성공했다는 소식이 들려오기 시작했다.

나는 아무 곳에도 이력서를 넣지 않고 싶었으나 지도교수의 압박으로 내 스펙으론 어림도 없는 곳에 계속해서 이력서를 넣었다. 연락은 당연히도 없었다.

그러던 중 지도교수의 추천으로 면접을 보러 간 곳이 창원의 xx중공업 PG 공장

나는 xx중공업 PG 지원할 때 이력서는 물론 자기소개서도 제대로 작성하지 못하여 사실상 떨어진 거나 다름없었으나 다녀오라는 압박을 받아 억지로 가야만 했고 결과는 역시나 탈락이었다.

애초에 난 그곳에 갈 마음 자체도 없었다. 스펙을 안 만든 것도 그 분야에 갈 생각이 없어서다.

지도교수는 3월부터 한 해 동안 국가 기술 자격증 필기 면제를 시켜준다고 하여 나는 처음엔 배운 적 없는 분야에 필기 면제를 요청하는 꼼수를 썼으나 그 꼼수는 결국 들켜버려 전산응용기계제도기능사 필기 면제를 요청하였고 캐드를 담당하던 캐드 담당 교수의 집중 강의를 들어야 했다.

난 쓸데없는 잡소리랑 욕먹기 싫어서 나름 열심

히 만들고 열심히 임하는 척했는데 캐드 담당 교수는 치수도 맞추고 열심히 만들려고 노력한 내 모습을 보며

"겨우 그런 식으로 해선 너 취업도 못 한다고 대체 어쩌려고 그러는 거냐? 너의 스펙 갖곤 전산응용기계제도기능사 취득해도 취업 못 할 거다."

이성의 끈을 놓아버린 나는 욱한 걸 참아가며 "두고 보시면 아실 겁니다. 저는 어떻게든 좋은 직장에 취직할 테니 그런 걱정 안 하셔도 됩니다."

캐드 담당 교수는 "말은 누구나 잘하지!"라고 비아냥거리기까지 했다.

그렇게 시간이 흐를수록 다들 취업해 나가자 나는 조금씩 조바심이 들기 시작한 것은 사실이다. 병원에 종사하고자 응급구조사, 간호조무사 보수교육을 모두 결제했다. 수강을 하면서 복수의 칼

날을 갈아나가다 결국 내 복수가 성공하는 계기

가 있었다.

CHAPTER 10.

기다리던 병원 공고의 등장 그리고 간절한 내

마음은 통했다.

나는 병원 공고를 보자마자 바로 자기소개서와 스펙들을 나열 함과 더불어 자기소개서를 작성하였다. 지금은 직업훈련 기숙사에 있으나 취직을 하게 되면 인근 동네로 바로 이사 가는 것이 가능하다고 어필을 하였다. 며칠 만에 인사팀 담당자님께 연락이 왔고 서류심사 통과하면 면접을 보는 것으로 하였다.

3월이 되자 1/4이 빠져나가고 점점 휑해지는

강의실

나는 3월 2일에 수업을 멋대로 빼먹고 서울에 자취방을 알아보러 김해공항에 갔다. 내려오는 비행기 편도 예약을 해 둔 상태였는데 병원 인사팀 담당자님께서 나에게 내일 3월 3일 면접이 가능한지 여쭤보셨고 나는 오늘 서울에 다녀갈 비행기 표 왕복으로 끊어둔 상태인데 내일 면접이면 오늘 내려갈 비행기 표 예약 취소 가능하다고 말씀을 드렸다. 3월 3일 오전 10시 병원에서 면접을 보기로 약속을 잡고 자취방을 보러 비행기를 타고 서울에 도착했다.

공항에 도착 후 면접 예정인 병원 인근 동네의 갔다. 내가 가진 금액 한도 내에서 가능한 모든 자취방을 둘러보기 위해 직방, 다방 등의 앱을 이용하여 찾아보고 그 매물이 있는 부동산 공인중개사를 찾아갔다.

그러나 몇몇 매물은 전입신고가 안 되는 곳도 있었고 한 곳은 환기가 제대로 안되거나 했다.

한 공인중개사는 내가 인덕션을 검사하는데 버럭 화를 내며 뭐 하는 짓이냐면서 손대지 말라고 나를 쫓아내어 나는 그 공인중개사에게 더 알아보고 오겠다고 말 한 뒤 그곳은 가지 않겠다고 생각했다.

어느덧 해가 져 밤이 되었고 나는 병원 인근의 모텔에서 하룻밤 숙박하고 오전 10시에 인사과 담당자님과 약속한 장소에 가서 인사드리고 면접을 보게 되었다.

당시 유일한 지원자임과 동시에 응급구조사, 간호조무사 자격이 있는데 병원 경력이나 그런 것이 하나도 없는 것이 의아하셨던 담당자분들이 여쭤셔서 나는 솔직하게 대답했다. 또 하나의 질문으로 왜 부산이 아닌 서울로 와서 지원했는가에 대한 질문에 대한 대답으로 구 본가 근처 대학병원이랑 멀리 있는 대학병원들 입사 지원 넣어봤는데 떨어져서 지금은 직업훈련을 받고 있으나 합격하면 오늘 당장 자취방 계약하고 출근 예정일부터 출근에 지장이 안 생기도록 조치가 가능한 것을 당당하게 어필함으로써 점수를 땄고 30분 만에 면접은 끝났다.

그리고 계속해서 자취방을 둘러보던 중 지금의 자취방에 계약할지 말지 고민이 많았는데 담당 공인중개사 실장님께는 병원에 합격이 된다면 바로 방 계약을 하겠다고 말씀을 드린 상태였는데 그날 오후 5시 나에게 연락이 왔다.

그것은 입사 안내

꿈만 같았다.

귀신들이 가득하고 인간 대접도 못 받고 살았던 개발원을 법적 문제없이 탈출하는 것은 물론이고 구 본가에서도 멀리 떨어지면서 취업한 곳이 병원 이러니

나는 실장님께 자격증이나 기타 서류는 언제 챙겨 와야 하는지 여쭙고 7일에 직원 채용 건강검진을 받았다. 근로계약서와 급여명세서 조회 방법을 알려주신다는 연락을 받은 나는 "옙"란 답변을 드리고 비행기를 타고 부산으로 내려갔다.

CHAPTER 11.

드디어 정리하는 귀신들의 기숙사와 구 본가

이제 끝나는가 싶었던 부산에서의 악몽

부산에 도착한 나는 택시를 타고 다시 기숙사에 들어갔다. 끝내 취직에 성공하여 방을 뺄 준비를 하기 시작하였다.

그리고 이후 금요일 지도교수에게 취업했다는 소식을 전달하고 인사과 담당자님의 문자 내용을 캡처하여 당시 단톡에 올림으로써 드디어 자유의 몸이 된 것이다.

금요일 수업이 끝나고 나는 그간 받았던 모든

교재를 쓰레기 소각장에 다 갖다 버렸다. 당시 창작 경연 프로젝트도 있었는데 나는 참여율이 저조했기에 조장이 나눠주는 것만 받았다. 그것마저도 전부 갖다 버리고 빨래 건조대는 룸메이트가 필요하대서 넘겨주기로 했다.

토요일 옷을 전부 세탁하고 일요일까지 말리다가 월요일 새벽 첫 비행기로 서울에 올라가기로 한 나는 당일 입고 갈 옷만 세팅하고 나머지는 캐리어에 넣어 둔 채 시간이 지나가길 빌었다.

월요일 새벽 모든 짐을 캐리어 2개와 다이소에서 구매한 대형 가방에 나눠서 넣어 사감에게 매트리스를 반납한 뒤 나는 떠날 준비를 했다. 마지막으로 룸메이트에게 카톡이 왔는데 항상 잘 되길 바란다는 마음과 나의 나쁜 버릇들은 꼭 고치길 바란다는 연락이 있었다.

나는 "이 지옥 같은 공간에서 귀신한테 빙의도 많이 되기도 하면서 참 우여곡절이 많았는데 그래도 시간은 가네요. 앞으로 승승장구하시길 바랄게요."라는 답변을 끝으로 서울 가는 비행기에 몸을 싣고 김포공항에 도착했다.

한숨도 못 자 피곤한 몸을 이끌고 지금 살고 있는 자취방으로 가는 대중교통편을 찾아봤는데 시내버스가 하나 있었으나 이 많은 짐을 다 옮기기엔 부적격이라 생각이 들어 택시 승강장으로 갔다.

택시 승강장에 가니 서울 택시와 경기도 택시가 가득했는데 나는 서울에서 서울로 가야 했기에 서울 택시에 몸을 실었다. 자취방 주소를 말씀드리고 공항을 빠져나왔다.

CHAPTER 12.

자취방 입성과 직원 채용 건강검진을 받음으로

써 실감한 서울살이 그리고 첫 출근

자취방 인근에 도착하자 택시에서 하차했다. 나는 지도를 계속 찾아봤으나 바로 옆이 자취방이란 사실을 몰랐던 탓에 30분을 헤맸다. 이윽고 도착하여 자취방에 짐을 풀고 임대해주신 사모님께 양해를 구하고 우선 병원으로 갔다.

또다시 택시를 타고 병원에 도착한 나는 건강검진 센터로 갔다. 직원 채용 건강검진을 받으러 왔다고 말씀드린 뒤 건강검진을 마치고 PCR 검사를 마친 뒤 인사과 실장님과 약속한 장소에서 근로계약서를 작성하고 내가 원했던 응급실로 배정받아 정식으로 직원이 된 것이었다.

인근 자판기에서 물을 사 마시고 자취방으로 귀가한 뒤 사모님과 공인중개사 실장님과 함께 방계약 서류를 작성하고 짐 정리를 시작했다. 이윽고 인사팀 담당자님께 8일 오전 9시까지 출근하면 된다는 연락을 받고 그렇게 하루를 마쳤다.

다음 날 오전 PCR 검사도 음성이란 문자를 받았고 나는 혹시 몰라 9시가 아닌 8시 40분에 20분 일찍 출근하여 응급실 부서장님께 인사를 드렸다. 간호복을 받고 로커 배정을 받은 뒤 지도교수에게 출근했단 연락을 띄운 뒤 그의 연락처도 전부 차단해 버리고 근무에 들어갔다.

첫 근무는 정말 설레고 모든 게 떨렸다.

처음 겪어보는 직장인 것도 그렇고 원하던 부서에 들어왔다니 이것이 꿈인가 생시인가 싶었다.

근무 내용은 보안 사항이라 언급할 순 없지만 선임 선생님들은 전부 친절하시고 부서장님도 나에게 너무 잘해주셔서 감동이었다. 교육 담당 선생님으로부터 응급실 비품의 위치, 해야 할 일, 지켜야 할 지침을 처음부터 하나씩 차근차근 배워나가기 위해 열심히 메모했다. 이곳이 내가 꿈에 그리던 직장이라는 사실을 가슴속에 품고 열심히 하기로 마음먹었다.

그리고 첫날 근무 후 퇴근 시간이 되어 나는 부서장님께 인사를 드렸고 퇴근하는 버스 안에서 근무 시간표를 카톡으로 받아 저장을 하였다. 그와 동시의 기숙사에서 택배가 왔으니 찾아가라는 연락이 왔다. 휴일의 부산에 내려가기로 하고 비행기 표를 예매했다.

　다음 날인 3월 9일은 마땅한 일도 어떠한 사건 사고도 없었던 탓에 생략한다.

CHAPTER 13.

부산으로 가는 비행기 그리고 내가 코로나 확진 이러니. 나이대로 병원 일 못 하게 되고 서울에서의 꿈은 물 건너가는 것인가.? 그러나 아직 하늘은 날 버리신 게 아니었다

3월 10일 휴일을 받아 부산으로 가는 비행기 표를 끊었고 내가 정말 두려워했던 일이 벌어질 뻔한 사건이 생긴 것이다.

그것은 코로나19 확진

부산으로 가는 비행기 안에는 승객이 아주 많았고 곳곳에서 기침, 재채기 소리가 들렸었는데 당시 나는 인중에 땀이 너무 많이 나서 잠시 마스크를 내리고 땀을 닦았는데 아마 그 영향으로 확진이 되어버린 거 같다.

공항에 내린 뒤 307번 버스를 타고 해운대 임시 선별검사소에 가서 신속 항원검사 키트 검사를 했는데 검사 직후 양성이 나와버린 것이었다.

나는 PCR 검사하는 줄로 옮겨졌고 PCR 검사를 받은 뒤 기숙사에 들어가 내 택배를 가져간 뒤 급하게 공항으로 넘어갔다.

공항에 도착한 나는 해운대구 보건소와 부산 시청, 서울 시청에 연락을 돌렸고 각 부서에서 전부 돌아오는 답변은

"신속 양성 나오셨으면 PCR 양성이거나 다름없으니 격리에 들어가셔야 합니다…."

겁이 난 나는 부서장님께 부산에서 신속 검사를 했는데 양성이 나왔단 사실을 카톡으로 드렸고 부서장님의 다급한 전화가 걸려 왔다. 나는 정

말 울고 싶었다.

근무했던 날에 혹시 확진자가 다녀간 것이 아닌가 확인해야 한다고 어디서 감염되었는지 알려달란 말씀과 동시에 병원이 아닌 부산에서 검사를 진행한 것에 조금 혼이 났다. 전화를 마친 뒤 인사과 실장님께도 그 사실을 말씀드린 뒤 이제 서울살이는 끝인가 싶은 마음으로 나는 울상이 되었다.

하지만 부서장님께서 다시 전화를 주셨다. 해주신 말씀으론

"간호본부에 얘기해서 한 주 병가 처리해 줄 테니 걱정하지 말고 푹 쉬고 다 낫고 봐요."

인사과 담당자님도 나에게 "괜찮아요. 확진받은 건 어쩔 수 없고 병원 체계가 처음이니까 그럴 수 있는 거죠. 한 주 잘 쉬고 출근해요."라는 연락

받았을 때 나는 결국 참았던 눈물이 쏟아졌다.

코로나19 확진받은 것도 짜증이 난다만 부서장님도 인사과 담당자님도 용서해 주시다니.

그날을 계기로 나는 병원에 충성을 다 하기로 마음을 먹게 되었다.

서울 시청에 다시 연락하여 상황을 말씀드리니 "지금 주민등록상 거주지가 서울이시면 우선 서울로 귀가하도록 하세요. 부산에 계속 계시면 부산에서 1주간 격리하셔야 되고 방역 택시를 타고 서울로 오시기엔 비용이 많이 듭니다. 그러니 아직 확실한 게 아닌 상황일 때 귀가하시고 양성 연락이 오면 바로 저희한테 연락해 주세요."라는 답변을 받아 결국 마지막 비행기를 타고 서울로 올라왔다.

다음날 역시나 해운대구 보건소에서 PCR 검사

양성이라는 문자를 받았고 부서장님께 캡처본을 보냈다. 병가 처리를 받았고 인사과에서도 병가 처리 승인을 해주신 덕에 나는 3월 10일~3월 16일(격리 기간) 병가를 받게 되었다.

11일 아침부터 목이 굉장히 아파져 오고 기침도 자주 나왔다. 열도 조금 났으며 코로 숨쉬기도 힘들어 계속 입으로 숨을 쉬어야 했다.

격리 기간 동안 각종 비대면 진료 응용소프트웨어를 이용해서 진료받으려 시도했으나 연결은 한 번도 안 되었고 상비약도 떨어진 나는 물만 계속 마시며 격리 기간에 거의 40~50리터의 물을 마셨다.

CHAPTER 14.

찬물을 끼얹는 구 본가 그리고 상황 역전

격리하던 중 반갑지 않은 연락이 왔다.

그것은 구 본가의 아줌마의 연락

다짜고짜 전화로 "너 지금 뭐 하길래 아직 취업 소식도 없는 건데?"라고 했다.

"확진되어서 짜증 나니까 쓸데없는 얘기를 할 거면 빨리 끊어요."

"꼬시다 뭐 어쨌길래 확진된 거냐?"

"딴소리해 재낄 거면 난 당장 끊습니다. 어림도

없는 소리 해 재낄 생각이면"

전화를 끊으려 했다.

그러자 "취업 소식이 없으니까 그렇지, 취직할 생각이나 있긴 한 거냐?"

"나 지금 서울에 있고요. 취직은 북돋웠는데 확진받았거든요? 가뜩이나 목 아파 죽겠는데 이딴 식으로 쓸데없는 소리 할 거면 카톡으로나 해요."

"너 미친 거 아냐? 기숙사는 어쩌고 서울에서 확진을 받았단 건데? 수료증은 어쩌고?"

"진작 취업해서 서울에 있는 거고요. 기숙사에서 방 뺀 지도 이미 오래니까 거기 언급할 거면 당장 끊어요."라고 경고를 날렸다.

그러자 "어디 뭐 주차장?"이래서 나는 "대학병원 취직했거든요?"라고 했다.

"웃기지 마. 네가 대학병원에 취직했다고?"라

고 해서 찍은 사진이 있으니 그거 보여줄 테니 내 말이 맞으면 평생 나한테 사죄하고 살라고 말했다. 그렇게 전화를 끊고 나는 근무복을 입고 있는 사진을 첨부해 줬다.

다음은 카톡 내용이다.

나- 이제 만족하세요?

아줌마- 아니 너 언제 대학병원에 취직했는데?

나- 취직하는지 아직 얼마 안 되었소이다 왜 뭐가 불만이셔?

아줌마- 아니 불만이 있는 건 아니고 왜 굳이 부산이 아니고 서울로 가서 취직했는데 네가 간호복 입고 있는 거 보니까 내가 참 만감이 교차하고 놀라워서 그렇지!

나- 부산에선 받아주지도 않았고, 공단이나 지금 배우는 그런 분야에 갈 마음 눈곱만치도 없으니까 대학병원에 취직한 거예요. 내가 취직한 건 순전히 내 노력이지 개발원이 나한테 도움 준거 하나도 없으니까 신경 쓰지 마셔요.

아줌마- 그럼 대학병원 취직할 때 개발원에 있던 건 언급 한마디도 안 했단 거가?

나- 내가 취직한 게 내가 가진 자격이랑 스펙과 진심을 통해서 취직된 거지 개발원이 나한테 무슨 도움 준 거랑 도움 되는 게 있다고 얘기를 해요. 스펙 다 깎아 먹으려고 환장했나 내가 그딴 걸 얘기하게요?

아줌마- 하긴 그렇긴 하겠다.

나- 쓸데없는 소리 하려면 톡 하지 말아요. 목

아파서 짜증 나니까

그렇게 연락을 끊고, 격리 기간 동안 물만 잔뜩 마시며 시간을 보냈다.

격리가 끝나고 병원에 출근하자 부서장님께서 내 안부를 여쭤보시며 상태가 너무 안 좋았으면 구급차 타고 응급실에 와도 되는데 안타까우셨는지 나를 다독여 주시고 병원비 혜택이 있으니 걱정하지 말라는 것도 알려주셨다.

그리고 다시 업무를 배워 나가기 위해 나는 수첩을 챙겨 열심히 메모하며 병원 비품들이 어디에 있는지, 병원 약국, 장례식장, 원무과, 진단검사의학과 등등 기본적으로 외워둬야 하는 위치들을 암기하고 다녀오기도 하며 숙달시켜 나가기 시작했다.

3월 말이 되어서 주치의 선생님은 안 계시지만 부산에 갈 일이 생겼던 탓에 비행기를 타고 부산의 구 본가에 갔다. 구 본가에선 언급해 봐야 쓸데없는 얘기들만 잔뜩 했기에 들은 체 만 체하고 여름옷만 싹 챙기고 뒤도 안 돌아보고 서울로 오기 위해 김해공항으로 갔다.

김포공항에 도착하고 집에 가기 위해 지하철을 탔다. 그러던 중 구 본가의 아저씨한테서 카톡이 왔다.

아저씨- 취업은 했냐?

나- 취업은 더 일찍 했죠.

아저씨- 어디에 했냐?

나- 서울에 했는데요.

아저씨- 서울 어디에 했냐? 내가 알아야겠다.

나- 서울 **구에 있는 ***회사에 취업했어
　요.(본인이 그곳 이름을 잘 모르다 보니 비
　공개 처리함)

아저씨- 확실하냐?

나- 네 확실한데요.

아저씨- 숨기지 말라 내가 들은 게 있는데 오늘
　　　구 본가에 다녀갔더니만 뭐 하러 갔던
　　　거냐?

나- 여름옷 챙기러 갔던 건데요?

아저씨- 취업한 회사에 내가 내일 연락해 본다.
　　　솔직히 말해라

나- 네네, 솔직하게 얘기하죠. 나 대학병원에
　취직했어요.

아저씨- 확실하냐?

나- 확실한데요? (근무복 입은 사진 첨부함)

아저씨- 이 새끼 뒤통수 얼얼하게 하는 재주가
있네. 축하한다.

나- 네, 감사해요.

그렇게 연락을 마치고 집에 들어가 여름옷을
정리하고 하루를 마무리함으로써 그렇게 상황은
완전히 역전되었다.

어느덧 4월이 되자 수료식으로 난리가 아닐 때
나는 병원에서 근무를 했다. 수료식 따위 관심조
차 없었기 때문에 갈 생각조차 하지 않았는데 구
본가에서 나한테 따지듯이 연락이 왔다.

아줌마- 수료식 안 갈 거가? 수료증은 언제 갖
다 줄 거고?

나- 지금 근무하고 있고 수료식 따위 안 가도 불

이익 하나도 없고요. 수료증 같은 거 필요한 사람이 직접 알아서 월~금 사이 09~18시에 본관 2층에 담당자한테 가서 내 이름 대고 수료증 떼러 왔다고 하면 발급해 준다고 했으니 수료증에 목숨을 거는 양반이나 가서 백 장이고 만 장이고 떼 가든 알아서 하세요. 나한테 보내줬다간 불태워서 없애버리는 거 영상에 고스란히 담아줄 테니 알아서 해요.

그렇게 다시 구 본가와의 연락은 잠잠해졌고 나는 그즈음 상태 메시지를 "세상 남 부럽지 않은 행복"이라고 적어두고 개발원 개원 카톡은 초대 차단하고 말 한마디 안 남긴 채 빠져나왔다. 프로젝트 조 단톡방도 초대 거부하고 모조리 차단한 뒤 빠져나왔다.

CHAPTER 15.

이제는 내 차례 내가 살면서 지금까지 당해 온
것들 전부 청산해 볼까?

그 후 여름옷만 챙긴 나는 구 본가에 발도 들여
놓지 않았다. 연락 자체도 안 했기에 그들은 오히
려 나에게 먼저 연락을 하면서 말도 안 되는 궤변
들을 늘어놓기 시작했다.

아줌마- 대체 구 본가엔 언제 내려올 건데?

나- 갈 일이 없는데요?

아줌마- 대체 뭐가 그리 성이 나서 그러는 건

데? 병원 취업했다고 너무 기세등등한 거 아니냐?

나- 내가 분명히 말했을 텐데요. 서울에 취직해서 살 거라 했고 나한테 그랬지 "장 담지 마라"라고

아줌마- 아니 그건

나- 그뿐만이 아니지 나보고 "아저씨가 너를 생각해서 들어가라고 한 거다." 뿐만 아니라 "거기 들어가라고 한 게 옳은 선택이었어! 어차피 인간 안될 거면 들여보내는 게 낫지."라고 한 거까지 제대로 청산해야 하지 않겠어요?

아줌마- 야 그럼, 생각을 해봐라! 아저씨가 옆에서 보고 있는데 당연히 그리해야지 그럼, 거기서 네 편을 들어주고 있나?

나- 뭐래요. 둘이 있을 때마다 그랬거든요?

아줌마- 뭐? 둘이 있을 때마다 내가 그랬다고?

나- 단 한 번도 안 빼놓고 둘이 있을 때마다 그
랬고 심지어 평일에 전화로도 그랬다는 걸
모르는 거 보니 본인 불리한 건 하나도 기
억 안 하려고 하나 보네요?

아줌마- 그럴 수가

나- 한 번만 더 내 귀에 '거기 들어가라고 한 게
나를 생각해서 그런 거다. 옳은 선택이었
어! 어차피 인간 안될 거.' 이딴 소리 들려오
면 가족이고 뭐고 인연 다 끊어버릴 테니까
알아서 해요. 알아들어요?

아줌마- 아이고 그래 알았다고 알았어! 참말로
이놈의 입이 방정이다. 방정이야.

나- 그리고 또

아줌마- 또 뭐가

나- 한 번만 더 '성질, 장 담지 마라, 똑같아, 집 게손가락 굽혀서 요래' 이딴 소리도 해 댔 다간 그때도 예외 없이 인연 다 끊어버릴 테니까 알아서 해요. 알아들어요?

아줌마- 아이고 무서워라 무서워 내가 참 무서 워서 뭔 말을 못 하겠다 진짜

나- 이렇게 해서라도 버릇을 잡아놔야지 그 딴 소리들 안 할 테니 대학병원 취직했으니 똑 바로 잡아둬야지, 안 그래요? 그간 나한테 한 걸 생각해야지.

아줌마- 내가 참 할 말이 없다.

그 외에도 아저씨한테도 연락이 왔다.

아저씨- 아들 너 지금 바쁘냐?

아저씨- 이거 중요한 거 다 빨리 봐라.

아저씨- 지금 이것도 볼 시간 없을 정도로 바쁘냐?

아저씨- 잠깐 시간도 못 내는 거냐?

내용을 봤더니 자취방 전입신고 내용이었다.

그것은 내가 이미 3월 7일에 계약 다 끝내고 주민센터에 주민등록 신고도 다 하고 전입신고도 다 해놓은 상태여서 해야 할 필요가 없는 상황이었는데 그걸 언급하다니 정말 한심하기 짝이 없어서 답변했다.

나- 그런 것쯤은 이미 첫날에 다 해둔 거니 쓸데없이 알려줄 필요 따위 없고요. 지원금도 받았고요. 서울에 대해선 아저씨보다 내가 더 잘 아니까 얼토당토않은 소리 하지 말아 주시죠. 그리고 엄청 바쁘거든요? 대단한 거 알려줬다고 그러는지 생각이나 똑바로 하고 그러세요.

나- 개발원이 나한테 딱 맞는 데라고 추천해 주고, 3년간 일해보면 나한테 무슨 소릴 하고 싶었는지 알게 될 거라 한 것도 현실을 부정하고 싶어서 이런 식으로 하는 거 아니까 쓸데없는 짓거리는 해주지 않으면 좋겠네요.

아저씨- 알았다.

병원 일을 하며 휴일엔 집에서 쉬면서 시간을 보내고 하면 아줌마한테서 가끔 카톡이 오곤 했다.

아줌마- 서울살이는 할 만하나?

나- 상상 이상으로 행복하고 좋은데요?

아줌마- 아니, 그냥 창원에 **중공업 들어가서 기숙사 살거나 하단이나 사상공단에 들어가서 구 본가에서 출퇴근을 할 것이지. 왜 혼자 서울에 사냐고 그리고 서울에 가서 살 생각이었음 집안에 있는 유일한 자식도 같이 데리고 오피스텔을 가라니까. 왜 너 혼자 나가서 이런 식으로 멀어지게 만드니.

나- 독립한 건 내 능력이 뒷받침되어 줘서 독립한 것이지. 독립할 때 뭐 비용이나 그런 거 보태준 거 하나라도 있어요?

아줌마- 할 말이 없다.

나- 내 말 똑바로 들어요. 당신들은 내가 개발원에서 인간 대접도 못 받고 생활할 때 보태준 거 하나도 없어요. 나를 더 궁지에 몰

아넣기만 해 댔지. 그리고 내가 과제 때문에 못 간다고 했을 때마다 "어찌 그리 성질만 늘어가냐?"라고 해 댄 것도 당신이니까 생각 다시 해 보시지요.

아줌마- 가슴 아픈 현실이다….

그 외에도 또 카톡이 온다면 비슷한 내용이다.

아줌마- 잘 살고 있는지 물어보면 이것도 쓸데없는 걱정이지?

나- 알면서 뭐 하러 물어보셔요. 난 그딴 걱정 필요 없으니 할 말 없으면 연락하지 말아요 나 바쁘니까

아줌마- 참 가슴 아프다….

CHAPTER 16.

이제 드디어 폭발했다 의절할 시간

그들과 의절한 사건은 여러 가지 이유가 있었다. 명분은 넉넉했으나 마지막으로 그들에게 내 이미지를 정말 더럽히기 위해서 내가 택한 것이 있다. 그것은 곗돈 관련 다툼이었다.

5월이 되었고 아줌마는 나에게 곗돈 관련해서 전화해 왔다. 나는 "그딴 거 줄 생각도 없고 곗돈 이래 봐야 나한테 뭔 도움이 된다고, 왜 보내줘야 하는지 이해가 안 가네요. 둘이 알아서 잘해봐요.

그리고 그딴 연락할 거면 하지 말라고 못 박아둘
테니까"라고 말 한 뒤 전화를 끊었다.

직후 전화가 다시 와서 나는 승객이 많이 있는
시내버스란 사실도 망각한 채로 큰 소리로 괴성
을 질렀다.

"아 진짜 별 쓸데없는 거로 전화해대네!"

"너 지금 뭐라고 했어? 뭐 쓸데없는 전화? 곗돈
달라고 하는 게 쓸데없는 전화냐?"

"그럼 쓸데없는 전화지 나한테 뭐 해준 게 있다
고 곗돈 타령이야 둘이 알아서 하면 될 것이지 별
쓸데없는 거로 전화해대고 있어."

"끊어, 다시는 너한테 전화 안 한다."

그리고 전화를 끊어버렸다.

버스에서 내리자 카톡이 왔다.

아줌마- 그렇게 짜증만 내지 말고 좀 차분하게

생각해 봐 곗돈 주는 게 어떻겠냐?

나- 그딴 거 줄 마음도 없고 이유도 없어요. 진

짜 인생 내가 살아가겠다고 하는데 곗돈이

란 명분으로 얼토당토않은 않는 거 줄 돈

있으면 차라리 내 취미생활에 더 힘쓰고 말

지. 뭐 하러 하라는 건지 참 이해가 안 가네.

아줌마- 아니 꼭 그렇게 말을 해야겠나? 나는

이제 네 엄마 자격도 없고 노릇할 시

간도 끝났어! 나한테 남은 건 아무것도

없어 치매로 완전히 기억 잊히기 전에

좋은 기억만 남기고 싶어서 곗돈 모아

서 어찌하자는 건데 그게 그리 싫나?

나- 좋은 기억? 나한테 좋은 기억 하나도 없고

어려서부터 학교 성적이 아니라 학원 성적

갖고 항상 갈궈댄 것도 모자라. 내 목 졸라
서 죽여버리려고 하지를 않나 별말도 안 되
는 소리나 해 재끼고 있네! 그딴 집안에 내
가 곗돈을 줘야 할 필요가 있나?

아줌마- 지나간 거 꺼내서 어쩌란 건데. 그땐
　　　　내가 제정신이 아니었잖아. 난 그런 기
　　　　억도 없어 네가 피해를 본 건 사실이라
　　　　할지라도 나는 기억이 하나도 안 나

나- 역시나 끝까지 반성 한 번 안 하네. 내가 개
　　발원에서 쥐 잡히듯 잡혀도 한마디도 안 한
　　게 불과 얼마 전인데 그것도 지나간 날이라
　　고 하면서 기억 안 난다고 하겠네! 하지 말
　　란 소리 다 해 댄 것도 그렇고

아줌마- 참 할 말이 없다⋯. 그래 네 말이 다 맞
　　　　아 내가 해준 게 하나도 없지 그리고 네

가 그렇게 대학병원 취직한 뒤로 행복
한 모습을 보고 내가 뭐 빼앗고 싶단 생
각에 그렇게 한 것도 어느 정도는 맞는
말이지 안 주고 싶으면 안 줘도 돼 그래
도 연락은 좀 하고 살면 안 되겠나?

나- 말도 안 되는 소리 집어치우고 더 이상 그
집안 자식 아니니까 내 앞길에 훼방 놓지
마셔요.

그리고 얼마 지나지 않아 이번엔 아저씨한테
연락이 왔다.

아저씨- 세상 행복하다고 적어놨던데 그리 행
복하냐?

나- 당연하죠. 기계설계 배울 때랑 다르게 사람

대접도 받고 사람 냄새도 나고 얼마나 좋은

지 모르겠네요.

아저씨- 내가 직접 확인하러 가야겠다

나- 뭔 말도 안 되는 소리인지요?

아저씨- 네가 그렇게 행복하다고 하는 거 아저

씨 눈으로 직접 확인해야겠으니 아저

씨 여름휴가 날에 일하는 곳 가서 네가

어떻게 일하는 지도 봐야겠고 사는 곳

도 봐야겠으니 참고해둬라.

나- 어림도 없는 소리 지껄이지 마시죠. 내 행복

에 뭔 훼방을 놓고 족치려고 그러는지요?

아저씨- 거절하지 말라. 나한텐 그걸 확인해야

할 의무가 있으니까 알아둬라.

나- 나는 그런 말도 안 되는 소리 들어야 할 의

무 없으니 그딴 거로 연락하려면 차라리 연

락 안 하겠습니다. 아니, 아예 얼굴조차 안 보고 사는 게 맞겠네요. 연락 차단할 겁니다. 이만

그 후로 잠잠해졌고 구 본가의 연락처들은 모조리 차단을 걸고 그들이 연계시켜 준 건 모두 없애버렸다.

CHAPTER 17.

불볕더위와 근무 시작 후 첫 휴가

시간이 흘러 어느덧 여름이 되었다. 당시 서울 온도는 35~40도의 날씨여서 집에선 에어컨을 28도로 맞추고 잠을 안 자면 정말 미칠 거 같은 날씨였다. 비가 내리는 날씨가 참 그리웠다.

간호복은 반소매고 응급실 내부는 적정 온도의 에어컨이 틀어져 있는데도 땀이 비 오듯 쏟아졌다. 물을 계속 마셔도 나아지는 게 없어서 정말 힘들었으나 나는 힘든 내색 없이 주어진 업무를 하고 그렇게 시간을 보내다 보니 부서장님께서 내 노고를 위로해 주셨다. 휴무에 연차 별개로 유급 휴가를 주셔서 나는 5일 동안 마음 편히 쉴 기회가 생긴 것이었다.

5일 휴가 중 하루는 집에서 푹 쉬고 하루는 캐리비안베이, 에버랜드 다녀오고 나머지 3일은 서울 시내를 돌아다니며 시간을 보냈다.

정말 추억이 가득했다.

단지 몇 명의 인연만 끊어냈고, 사는 곳도 바뀌고 직장 자체도 바뀐 것만으로도 이렇게 행복하면서 내 인생을 살아갈 수가 있다니….

꼭 한번 가보고 싶었던 구 경춘선 화랑대역, 송파구 롯데월드, 서울아산병원, 서울랜드, 청계천, 현대백화점 목동점, 더 현대. 서울에 놀러 가보고 시간을 보내니 너무 행복했다.

삶의 만족도가 높아졌다고 해야 할까?

한 편 이 행복을 누군가 뺏어 갈까 봐 겁이 났다. 절대적으로 사수를 해야겠다는 다짐도 다시 새겨보고 부서장님께 감사드리는 마음은 절대 변치 않겠다는 마음가짐도 다시 한번 새겨보고 했다.

CHAPTER 18.

4개월간 수강한 하이다이빙 그리고 어린 시절

이루지 못한 꿈에 대한 원한

7월 22일 고양체육관에서 하이다이빙 수강 신청을 받길래 홈페이지에 들어가 하이다이빙 수강 신청을 했다. 운이 좋게 새벽 6시 반에 들어가게 되었다.

부산에서 2020년에 2개월 2021년에 1개월 수강한 이력이 있음을 밝히고 8월 월, 수, 금에 수강하는 것으로 결정이 나 결제를 했다. 너무 행복하다.

다이빙 수강 첫날 어떻게 해야 할지 몰랐다. 퇴근하고 급히 일산으로 가는 급행 버스를 타고 대화역에 하차 후 대화역 인근 모텔에서 1박을 하고 다음 날 오전 5시 30분에 고양체육관으로 가는 식으로 했다. 샤워를 마치고 안전요원분들께 여쭤보고 다이빙 풀로 가서 수강하시는 분 들게 인사드렸다. 강사님과 처음 인사를 나눴고, 이름을 밝혀 신규 수강생임을 알렸다.

그리고 부산에서 배운 기초 A형, B형, C형을 보여드려 기본적인 자세를 알고 있어 다행이라고 칭찬받으며 그렇게 첫 주는 기초 A형, B형, C형 자세를 익히는 것에 열중했다.

2주 차 되는 날 좀 더 난이도를 높여 이번엔 팔과 머리가 먼저 입수하는 동작을 배워보기로 하고 1M에서 연습을 해 본 뒤 감을 익히고 3M에서 시도했다.

하지만 너무 긴장한 탓일까?

3M는 부산에서도 가끔 뛰어봤지만 많은 경험이 없었다. 지금은 다이빙 수강 신청에 실패하여 지금은 수강하지 못하지만 지금도 생각해 보면 3M가 제일 부담스러운 높이인데 혹시가 역시로 이어졌다.

몸을 45도로 굽히고 발뒤꿈치를 들어 입수하는데 순간 속으로 '아차' 했지만 그땐 이미 너무 늦어버린 상태였다.

긴장한 탓에 몸을 크게 돌려버린 탓에 결국 등으로 입수를 해버렸고 "쾅" 소리와 함께 강사님과 수강 선배님들이 몰려오셨다.

나는 창피했지만, 티를 낼 수 없었기에 애써 방긋 웃으며 대답했다. 하지만 등이 저릿저릿한 건 어쩔 수가 없었던 거 같다.

그래도 기분은 좋았다.

왜냐면 어린 시절의 꿈이 다이빙 선수였다. 비록 잘 못했지만 많은 분의 관심을 얻어내는 데 성공했다.

나는 유년기 시절 다이빙 선수가 꿈이었다.

1, 3, 5, 10M에서 멋지게 입수하여 박수받고 하는 것은 순수했던 내 마음에 굉장한 동기부여가 되어줬으니까.

그래서 어린 시절 구 본가에 다이빙 선수가 꿈이라고 했었던 기억이 있는데 그 후는 당연히 말할 것도 없이 두들겨 맞은 건 물론이고 그런 건 존재하지 않는다는 답변만 날아왔다. 나에게 꿈을 심겨준 적은 없었기에 성인이 되어 이뤄낸 꿈은 정말 꿀처럼 달콤했다.

이후 시간이 갈수록 조금씩 안정된 자세로 임하기 시작했으나 그렇다고 매일 수업에 참여했던 것은 아니었다.

월요일, 금요일 수업은 전날 퇴근하고 바로 대화역에 가야 해서 숙소에서 하룻밤 묵고 수업에 참여했는데 피곤한 날이면 일어나지 못해 수업에 결석하는 경우가 많았다. 수요일 수업은 웬만하면 참여하려 했던 게 화요일에 휴일이 많았다. 일찍 대화역 인근에 숙소를 잡고 자고 갈 수 있던 것이 차이가 있다.

그러다 결국 매주 금요일 수업은 잠을 안 자고 수업에 참여할 방법이 없을까 싶어 찾아봤는데 방법이 있었다.

그것은 퇴근 후 올빼미 버스를 타고 강남역에 가서 강남에서 1시 30분에 출발하는 이음 2번 버스를 타고 김포에 갔다가 첫 버스를 타고 대화역으로 가는 것.

이음 2번 버스는 강남역에서 김포까지 가는 노선인데 그 버스를 타고 걸포초등학교에 하차하였다. 그 방법은 결코 좋은 방법은 아닌 것으로 기억나는데 도착 시간은 새벽 3시 그런데 대화역으로 가는 첫 버스는 새벽 5시 10분에 있었다는 것.

그 시간에 할 수 있는 게 없었기에 나는 무인편의점에서 간단히 마실 거리를 샀다. 편의점 나무 벤치에 누워서 쪽잠을 자고 상가 편의점에서 볼 일을 해결하고 시간을 보낸 뒤 대화역으로 갔었다.

수업이 끝나고 집에 들어가면 오전 10시여서 잠들기 바빴고 출근하는 날엔 두세 시간 쪽잠을 자고 바로 출근하며 버텼으나 그래도 행복했다.

어린 시절 내 꿈이었던 하이다이빙을 원 없이

할 수 있었기에….

CHAPTER 19.

취미 활동으로 시작한 프리다이빙

하이다이빙과 더불어 프리다이빙을 별도로 수강했다. 하이다이빙은 높은 곳에서 수영복만 입고 뛰어내리는 스포츠 종목이지만 프리다이빙은 슈트나 수영복만 입으면서 스노클, 물안경을 착용한 채 깊은 수심으로 들어가는 스포츠이다. 프리다이빙은 주로 취미 활동이나 본업으로 하시는 분들이 많이 있다.

프리다이빙을 알아보던 중 일산동구 풍동에 프

리다이빙 교육센터가 있다는 것을 알게 된 나는 입문 라이선스 취득을 위해 수강료 결제를 한 뒤 연락을 받고 날짜에 맞춰 교육센터에 갔다.

교육센터에 가니 기본적으로 주의해야 할 사항들과 장비 대여에 동의하는 서류에 서명을 한 뒤 카드키를 받았다. 계산대에서 보관함 키를 받은 뒤 수영복으로 환의 하고 샤워를 한 뒤 잠수풀로 들어갔다.

잠수풀에 들어가서 강사님과 같이 입문 라이선스 과정을 들으시는 분들 세 분과 함께 간단한 스트레칭을 하고 슈트와 스노클을 착용한 뒤 입수했다.

약 1시간가량 강사님께서 시범을 보여주신 뒤 따라 하는 방식으로 수업이 진행되었다. 스노클에 물이 들어갔을 때 대처법이랑 숨 참는 시간,

이퀄라이징 방법, 덕 다이빙, 최종호흡, 회복 호흡 같은 항목들을 배우고 이후 1시간은 강사님 통제하에 안전하게 실습이 진행되었다.

다행히 나도 예외 없이 강사님께 좋은 평가를 받으며 실습을 마치고 수업이 끝났다. 교육센터에서 입문 라이선스 발급 절차를 알려주고 함으로써 나도 입문 라이선스 자격증을 취득하게 되었다.

그 후 프리다이빙에 재미가 생긴 나는 2레벨 초급 라이선스 수강을 위해 열심히 돈을 모았다. 수강료를 결제한 뒤 세션, 정규 훈련, 자유 연습을 통해 몇 번 참여하지 못했지만, 연말에 수심 테스트를 진행하여 자격을 취득하기로 결심하고 유튜브를 통해 열심히 공부했다.

그리고 작년 2022년 12월 22일 가평에 있는

K26 프리다이빙 풀에 가기로 했으나 내가 수심 테스트를 진행한 그날 눈이 많이 내려 결국 미뤄지고 12월 27일에 가는 것으로 안내받았다. 강사님들과 같이하는 수강생분들과 함께 K26으로 가기로 했다.

그날 K26에 가야 하는데 늦잠을 자는 바람에 택시를 타고 청량리역-청평역을 거쳐 청평에서 하차 후 택시를 잡아 K26으로 갔다. 간신히 시간에 늦지 않게 도착할 수 있었다.

택시비가 6만 원 가까이 들었지만, 후회는 없었다.

그리고 입수 전 기본적인 몸풀기와 입수 후 간단한 연습 절차를 통해 수심 테스트가 진행되었고 다른 회원님들은 여유 있게 수심 테스트 한 번에 합격했다. 나는 혼자 몇 번이고 떨어져서 너무 힘들었다.

 강사님께선 너무 긴장해서 몸이 경직된 것도 그렇고 다급한 수심 10M 찍으려고 지나치게 욕심을 내다보니 이퀄라이징도 기본적인 최종호흡 절차도 거치지 않고 있으며 오히려 숨만 차고 체력만 떨어지는 악순환의 반복이 진행되는 거라 조언해 주셨다. 추가로 수심 테스트 시간은 있으니 걱정하지 말고 그 시간 안에 합격하면 통과되니 마음 편안하게 가지면서 임하면 될 거라는 격려도 들었다.

 강사님의 격려가 도움이 된 것일까?

 마지막 주어진 기회에서 최종호흡을 마치고 스노클을 입에서 뺀 뒤 덕 다이빙으로 입수했고 끝내 수심 10M 안전하게 찍는 것에 성공한 것이다.

강사님도 같이 계셨던 회원님들도 축하한다고 손뼉을 쳐주셨다. 그렇게 나도 2레벨 라이선스 수심 테스트에 합격한 것이다.

꿈만 같았다.

발목이 좋지 않은 내가 취미 활동으로 시작해 입문을 넘어 초급 라이선스까지 5개월이라는 시간 만에 취득하다니….

다른 시련이 주어져도 뭐든 다 이겨낼 수 있다는 자신감과 앞으로 다른 시험도 끈기 있게 열심히 하다 보면 결국 다 해낼 수 있다는 나에 대한 믿음까지 생기게 해 준 프리다이빙 교육센터에 지금도 융숭한 감사 인사를 드리고 지내고 있다.

여건이 된다면 3레벨 중급 라이선스에 도전해 보고 싶은 마음이 있다.

CHAPTER 20.

어느덧 내가 병원에 입사한 지 1년이 넘었다니

나의 서울로 오기까지 이야기는 거의 마무리되었다.

2022년 3월 3일 오전 면접 후 당일 입사 확정 연락을 받고 3월 7일 직원 채용 건강검진을 거쳐 3월 8일 병원에 입사하여 근무한 지 어느덧 1년 하고도 더 지난 시간

참 많은 시련이 있었고 지독하게 더러운 구 본가와 개발원을 갖다 버리고 긴장한 마음으로 입

사한 대학병원. 병원에서 1개월도 못 버틸 거라 다들 비아냥거렸으나 어느덧 1년이라니….

처음 대학병원 입사 연락을 받았을 때 나는 정말 꿈인 거 같았다.

왜냐면 이 대학병원이면 내 인생을 180도 바꿔줄 거란 확신이 있었기에 정말 입사하고 싶었다. 지금도 근무 중이지만 내가 당장 죽게 되면 이 병원 장례식장에 내 시신을 안치하고 싶을 정도로 선임 선생님들도 너무 따스하시고 친절하시면서 정말 행복이 이런 건가 싶다.

대학병원에 입사했기에 첫 자서전인 '나의 우울함을 받아들이기로 하였다' 독립출판물과 두 번째 원고 '부산 청년의 서울로 오기까지' 내용의 책을 출간하게 되었다.

부서장님께선 나에게 항상 도와줘서 고맙다고

해주셨다. 저번 주에 면담했을 때 나는 이렇게 대답했다.

"정말 솔직히 말씀드리면 이렇게 선임 선생님들 다 친절하시고 부서장님께서도 저한테 따뜻하게 해 주시니까. 여기가 꿈의 직장이라 생각을 매일 합니다. 정말 더 이상 바라는 것도 없고 퇴사하는 건 생각해 본 적도 없습니다."라고 말씀을 드리자 부서장님께선 "더 못 챙겨줘서 미안한데 그렇게 말해주시니 고맙고 미안할 따름이네요."라고 하셨다.

그리고 인사과 담당자님께도 감사드리고 개발원 살 적에 빙의되어서 괴로워할 때 항상 도움을 준 내 친구에게도 정말 고맙다. 나는 할 수 있다고 응원해 주시던 친한 형님들도 그렇고 개발원 관계자들과 구 본가를 제외한 웬만한 모든 분께 정말 감사 인사를 다 전해드리고 싶다.

그리고 나는 휴일을 제외하면 항상 대학병원
응급실에 출근하러 간다.

나에게 휴가는 없어도 된다.

대학병원 응급실에 출근하는 것 그 자체가 나
에겐 휴가니까….

에필로그

못다 한 이야기

개발원에서 빙의된 횟수는 거의 100번이 넘어가고 하루가 멀 다 하고 빙의가 되었다 하면 말이 될 거란 생각이 든다.

그 외에도 전생에서 온 편지 태그로 인스타그램에 게시글을 올린 것도 스무 번 가까이 되기에 그 태그의 게시글을 작성할 때면 나는 정신이 완전히 끊어진 상태였으니까.

처음 서울에서 살아야 인생이 풀릴 거라고 생

각을 한 건 10월쯤 부산의 모 메디컬센터 내과에서 위내시경을 찍고 나서 위 미란, 역류성 식도염을 진단받고 약을 먹는데 지도교수는 나에게 엄청나게 화를 냈다. 구 본가에선 나에게 도움 주는 것 하나도 없었던 탓에 이러한 생각을 했다.

'꼭 올해 11월~내년 2월 사이 서울에 가서 살 거야.'

하지만 일은 순리대로 풀리지 않았다.

사주도 보고 타로도 봐도 3월 이후가 가장 적격이라고 하는 것과 무일푼에 하는 아르바이트는 당일 지급 택배나 다음 달에 월급을 주는 주말 아르바이트 그거론 입에 풀칠하거나 병원비, 휴대폰비 다 내고 나면 남는 것도 없었기에 아무것도 없었다.

내 편이 있는 건 더더욱 아니었다.

그렇다 보니 12월 말 국민건강보험공단에 가서

건강보험료 서류 발급을 해서 직업훈련 생계비 대출을 시도했으나 실패하고 큰 좌절을 맛본 뒤 나는 아르바이트를 가지 않는 주말엔 영도구 송남사의 산신각에 있는 소원 돌과 봉래산 꼭대기의 할매바위에 가서 매주 기도를 드렸다.

"부탁드립니다. 꼭 3월 10일 이내로 합법적으로 개발원을 도망쳐서 서울에 가서 살 수 있게 해주세요."라고

다행히 직업훈련 생계비 대출 승인 조건이 건강보험료에서 전년도 종합소득세로 조건이 바뀐 덕분에 끝내 승인받아 서울로 올라왔다. 지금도 일을 하며 꾸준히 학자금대출 빚과 직업훈련 생계비 대출 빚을 갚아 나가고 있다.

굳이 3월 10일 이내로 서울에 오게 해달라고 소원을 빌었던 이유는 충격적이지만 나에겐 사

실로 있는 이야기가 있다.

그것은 3월 10일에 엄청난 귀신이 깨어난다는 것과 뒷산의 귀신들이 기숙사로 내려올 거라는 얘기를 꿈에서 정체를 알 수 없는 할아버지 영가가 알려주신 것과 그곳에 있던 귀신들의 모든 증언이 다 일치했다는 것.

나는 2022년이 되어 3월 10일 이내로 꼭 서울에 오기 위해 수단과 방법을 가리지 않고 합법적으로 빠져나옴과 더불어 수강생들과 교수진들의 뒤통수를 치고 그들을 꺾어버렸다. 귀신들에게서 빠져나오기 위해 시간이 날 때면 흡연장에서 마스크를 착용하고 한 손엔 라텍스 장갑을 착용하여 담배를 5~8개비씩 매일 태워서 그곳의 혼령들에게 위로를 건네주고 했다.

가장 소름이 끼치는 건 그 뒷산엔 봉분 없는 무

덤이 자그마치 20개가 넘게 있어서 나는 다시는 죽었다 깨어나도 갈 마음이 없다.

그리고 내 주변에 혼령을 느낀다거나 자신이 영안을 가졌다고 하는 친구들도 공통으로 왜 거기에 살아야 했는지 이해가 안 간다고 말했다. 완전히 지옥의 문 터라고 하는 것은 물론이고 자신들이 갔다간 하루도 못 버티고 정신이 빠져나가서 힘들었을 거라 하여 구 본가 특히 그곳에 안 들어가면 나를 죽여버리겠다던 아저씨를 의절하고 버린 것은 잘했다고 다들 칭찬해 준다.

사주, 타로를 봐도 7년 넘게 하나도 다르지 않고 똑같이 '부모, 형제, 자매 덕 하나도 없고 특히 아버지란 사람이 인생에 도움이 하나도 안 되고 네 인생에 잿밥만 잔뜩 뿌려 재끼니까 연락 끊을 수 있으면 끊어라! 그래야 행복해진다. 너는 기계

쪽으로 갈 사람이 아니야 보건의료 계통이나 경찰직으로 가서 타인에게 봉사하며 평생을 살아야지 어디 아비란 사람이 아들 망치려고 환장을 했냐?'이라고 말하니까.

그 외에 더 쓰고 싶은 내용들은 많지만, 나머지 내용은 다음에 전체적으로 해 볼까 싶다.

부산 청년의 서울로 오기까지

2023년 08월 15일 발행

지은이	애틋한 새벽

디자인	포레스트 웨일
펴낸이	포레스트 웨일
펴낸곳	포레스트 웨일
출판등록	제2021 - 000014 호
주소	충남 아산시 아산로 103-17
전자우편	forestwhalepublish@naver.com

종이책	979-11-92473-71-0